QUERiDO DiARiO TONTO:

EL PROBLEMA DE AQUÍ ES QUE ES DE DONDE SOY

POR JAMIE KELLY

SCHOLASTiC iNC.

NO LEAS MÁS

A los artistas y escritores jóvenes

Originally published in English as *Dear Dumb Diary,
The Problem With Here Is That It's Where I'm From*
Translated by Juan Pablo Lombana

ISBN 978-0-545-45830-6

12 11 10 9 8 7 6 5 4 3 2 1   12 13 14 15 16 17/0
Printed in the U.S.A.   40
First Spanish printing, September 2012

ABSOLUTAMENTE PRIVADO

Este diario es propiedad de:

Jamie Kelly

ESCUELA: Escuela Secundaria de Mackerel

Casillero: 101

Mejor amiga: Isabella

Lugar favorito: Cualquier otro lugar

Comida favorita: Cualquier platillo extranjero

MIRA,

No sé cómo son las cosas en el lugar de donde tú eres,

pero aquí, las personas no meten sus **NARIZOTAS** en los **ASUNTOS** de otra gente.

Querido Quiensea que esté leyendo mi Diario Tonto:

   ¿Estás seguro de que puedes leer el diario de otra persona? Si te di permiso, está bien. Pero si eres Angelina o cualquier otra persona que lo consigue todo fácilmente, YO no te di permiso, ¡así que tienes que dejar de leer AHORA MISMO!

   Si son mis padres, entonces SÍ, ya sé que no puedo ponerle apodos a la gente ni contar chismes ni hacer bromas telefónicas, pero este es mi diario, así que quizás no hice nada de eso. Solamente lo escribí. Y si me castigan por eso, entonces sabré que han leído mi diario, para lo que no les di permiso.

   Ahora, por los poderes que me han sido otorgados, prometo que todo lo que escribo en este diario es cierto, o por lo menos, hasta donde se puede.

Firmado, *Jamie Kelly*

P.D.: Debes saber que oí hablar de una chica, de otra escuela o algo así, que leyó el diario de otra persona sin permiso. Se sintió tan culpable que no volvió a sonreír el resto de su vida. Ni siquiera cuando veía un koala o cuando a una chica rubia que conocía le salió un grano del tamaño de una piña en el centro de la frente.

P.P.D.: ¡Ah! Y también oí acerca de un chico que se sintió tan mal luego de leer el diario de otra persona que nunca más pudo divertirse y lo único que hizo el resto de su vida fue ver golf en la tele.

fatalmente ABURRIDO

Domingo 1

Querido Diario Tonto:

Estoy tratando de aprender a hablar con acento.

Isabella vino a casa anoche y vimos una película en la que había una niña inglesa, y todo lo que decía sonaba inteligente y delicado.

Estoy segura de que si esa niña dijera algo así como "Ay, mil disculpas, pero mi pequeño cachorrito acaba de soltar una enorme plasta de caca en su antiquísimo mantel, lo siento mucho", nadie se enojaría por eso.

Una le respondería: "Ay, sí. Pero es mi culpa por poner ese antiquísimo mantel justo donde tu perro podría hacer sus excrementos".

Isabella dice que las personas de otros países nacen con deformaciones en la boca que las hacen hablar así, y que debemos considerarnos afortunadas de poder hablar normalmente.

Yo creo que está equivocada (eso le pasa frecuentemente). De todas formas, estoy tratando de adoptar un acento. ¿Será que la gente que habla con acento escribe con acento?

Isabella dice que ha oído a Angelina hablar en portugués o francés o algo parecido. Estoy segura de que aprendió esos idiomas fácilmente porque seguramente nació con la deformación en la boca de la que habla Isabella, y no por medio del estudio riguroso que yo realizo en la **Universidad de Mirar la Tele.**

DEFORMACIONES EN LA BOCA DE EXTRANJEROS

BABABA

SUENA GRACIOSO INCLUSO CUANDO HABLA DE FUNERALES

SIEMPRE PARECE QUE SE ACLARA LA GARGANTA

NO PUEDE DECIR "BANANA"

Lunes 2

Querido Diario Tonto:

Sí, ya sé. Todo el mundo adora a Angelina. ¿Será porque es alta, delgada y rubia? Pero algunos **trapeadores** también son así, y uno no ve a la gente derritiéndose de amor por ellos.

Aunque una vez en la escuela primaria me pareció ver a un conserje bailando y besando a un trapeador. Bueno, a fin de cuentas, los conserjes también tienen sentimientos, y el Día de San Valentín puede ser muy triste para muchos.

Hoy en la escuela anunciaron que al final del mes van a repartir papeletas para que votemos por los ganadores en las categorías de MÁS ARTÍSTICO/A, MÁS CHISTOSO/A, MEJOR AMIGO/A.

Por supuesto, una de estas categorías es la de MÁS APUESTO/MÁS BELLA, y en el almuerzo oí que alguien decía: "¿Por qué no escriben el nombre de Angelina en la papeleta y ya? Todo el mundo sabe que ella va a ganar. Ella *siempre* gana".

Esto me pareció *poco razonable* porque un tren podría pasarle por encima a la cara de Angelina y entonces tendríamos un montón de papeletas inservibles. Y ahí no terminaría el problema. El dueño del tren tendría que limpiar toda esa belleza despachurrada en la locomotora.

LIMPIADOR DE BELLEZA

CARBÓN

Isabella siempre gana el premio al **MÁS LISTO/A**, pero es porque se esfuerza mucho. Yo siempre gano el de **MÁS ARTÍSTICO/A**, pero también pongo mucho empeño trabajando con lentejuelas y canutillos y lastimándome las manos. Pero Angelina no. Ella gana el de **MÁS APUESTO/MÁS BELLA** sin esforzarse siquiera. Es simplemente injusto que a Angelina todo le resulte tan fácil.

De veras, ¿no es hora de que nos opongamos a la **Belleza Sin Esfuerzo**?

ROCIAR A TODA LA POBLACIÓN CON TINTE DE PELO NEGRO

ARRESTAR A LA GENTE CON LAS PESTAÑAS ABSURDAMENTE LARGAS

TATUAR PELOS EN LOS PIES MUY DELICADOS

Martes 3

Querido Diario Tonto:

Hoy el Sr. Evans nos habló de un proyecto. Quiere que estudiemos a las personas y sus culturas por medio de la tradición escrita, que es cualquier cosa que las personas hayan escrito en un papel, en la pared del baño o donde sea. Luego pidió que lanzáramos ideas al respecto.

Por supuesto, Sally lanzó ideas inmediatamente. Como recordarás, Diario Tonto, Sally no es lo suficientemente fea para ser tan lista, lo que, para mí, es una hipocresía. Si alguien es muy inteligente, lo que debe hacer es afearse un poco antes de salir de la casa.

Debido a su inteligencia, Sally dijo que quería estudiar letras de canciones, lo que es genial porque lo único que tendrá que hacer es oír música. El Sr. Evans pidió que alguien fuera su compañera de estudio, y Sally eligió a Anika, lo cual es lógico ya que ella tiene más canciones que nadie en su MP3. Su colección es tan impresionante que la primera vez que la vi MPipí.

No, es un chiste. Pude haber dicho **MPopó**, pero pensé que eso sería demasiado desagradable.

Margaret dijo que quería estudiar poemas y el Sr. Evans preguntó si alguien quería colaborar con ella. Solo **E.C.E.C.N.N.R.** (Ese Chico Espantoso Cuyo Nombre No Recuerdo) alzó la mano, lo que habría espantado a la mayoría de las chicas, pero Margaret sonrió feliz. Muy romántico, ¿verdad? El amor es raro porque aunque Margaret es un poco asquerosa (muerde lápices y eructa muy alto) y **E.C.E.C.N.N.R.** es también un poco asqueroso (tiene las uñas sucias y su almuerzo siempre huele a mortadela), el hecho de que los dos se sientan atraídos de algún modo los hace ver once veces más asquerosos.

MAZORQUEANDO

(Aquí tengo que darle crédito a Margaret: con su comportamiento de castor ha desarrollado una destreza singular para hacer figuras con lápices, lo que la convierte en una escultora, en caso de que alguien se interese en tótems babosos).

Por supuesto, Angelina no se podía quedar atrás y actuó rápidamente. Dijo que a ella le gustaría estudiar grafitis. (Por si no lo sabes, Diario Tonto, grafiti es lo que la gente escribe en las paredes). Una idea tonta, ¿no? Pero aquí está lo interesante, yo sabía que en **UN SEGUNDO** el Sr. Evans pediría que alguien se uniera a Angelina, y que en **DOS SEGUNDOS** todas las manos del salón se alzarían. Y Angelina, que solo obtiene triunfos fáciles, triunfaría nuevamente. Así que yo hice, tontamente, la única cosa tonta que podía hacer. **Intervine.**

seguramente cree que el mundo es su helado

y nosotros somos las chispitas de colores

—¡Ay! —dije—. ¡Yo iba a decir eso!

Y Evans hizo exactamente lo que sabía que haría. **Nos unió.**

Sucedió antes de que me diera cuenta. La próxima vez que me den ganas de intervenir, voy a tomar una siesta.

INOCENCIA ABSOLUTA (LA PEOR CLASE DE CULPABILIDAD)

Tía Carol me llevó a la casa hoy después de la escuela. Como recordarás, Diario Tonto, mi tía trabaja ahora en la oficina de la escuela. Está comprometida con el subdirector Devon, que es el tío de Angelina, lo que me obliga a estar emparentada con esa rubia de alguna manera.

Pero no he perdido la esperanza; el compromiso matrimonial es el primer paso hacia el divorcio, así que esta situación puede cambiar. (Supongo que me gusta ver el lado bueno de las cosas).

HASTA PRONTO, TÍO

BASU

En todo caso, como tía Carol se va a casar pronto, su vida gira en función de la boda. Este es un ejemplo de una conversación con una persona que acaba de comprometerse:

YO: ¿Viste en las noticias que hubo una inundación en Dondeseápolis?

TÍA CAROL: No, pero si tuviéramos una inundación aquí, sería horrible porque el tren en el que vamos a la luna de miel se podría retrasar.

YO: ¿Ah, sí? ¿Un tren? ¿Te conté mi idea de que un tren le pasara por encima a la cara de Angelina?

TÍA CAROL: No, pero hablando de la cara de Angelina, mi ramo va a tener flores del mismo color de sus ojos.

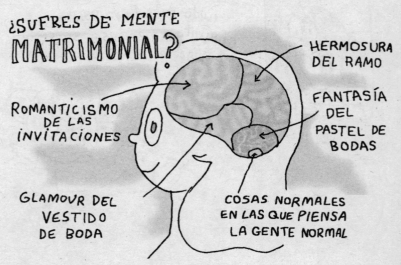

¿SUFRES DE MENTE MATRIMONIAL?

HERMOSURA DEL RAMO

ROMANTICISMO DE LAS INVITACIONES

FANTASÍA DEL PASTEL DE BODAS

GLAMOUR DEL VESTIDO DE BODA

COSAS NORMALES EN LAS QUE PIENSA LA GENTE NORMAL

Además de contarme sobre la **espantosa música para viejos** que habrá en la fiesta de boda y la **espantosa comida para viejos** que van a servir, tía Carol se quejó de que tiene que hacer, distribuir y contar todas las papeletas para la votación de la escuela de la que ya te hablé anteriormente, así que Isabella y yo seremos probablemente los primeros humanos en saber quiénes serán los ganadores.

Inmediatamente llamé a Isabella y le conté, y ella se emocionó tanto que hizo un sonido como el que hace mamá cuando a papá se le olvida bajar el asiento del inodoro, pero sin las groserías.

Mamá también hizo ese ruido cuando yo estaba chiquita y me puse su sostén para jugar a LA MOSCA HUMANA

Miércoles 4

Querido Diario Tonto:

¿Puedes imaginar cuán fantástica sería la escuela si no tuviéramos que ir allí a aprender? Por ejemplo, ¿si solo hubiera que ir para pasar el tiempo y no hacer nada importante? Sería como ser maestra.

Y PODRÍA TENER A MIS ESTUDIANTES DE CRIADOS

Esta noche busqué en la tele algún programa con personas que hablaran con acento y encontré uno en el que la gente hablaba con acento francés. El acento francés hacía que todo sonara como algo que se podía comer.

Por ejemplo, si ves las palabras **"pastel à la mode"** en el menú de un restaurante, eso quiere decir **"pastel con helado"**. ¿No te parece delicioso? Otro ejemplo: **"piojos à la mode"**. Eso quiere decir que tienes piojos, pero al menos puedes disfrutar de un poco de helado. ¿No es eso mejor que tener piojos y nada más?

GRANO

Le grano
à la visage

(MEJOR, ¿VERDAD?)

Otra cosa fabulosa es que los perros de París **ENTIENDEN FRANCÉS.** Nos tomó tres años enseñarle a Stinker a no hacerse pis en la alfombra. Imagina lo difícil que será enseñarles a los perros otro idioma. Tal vez le enseñe a Stinker unas palabras en francés, aunque no creo que deba a empezar con **"chien"**. (Eso se pronuncia **"shiá"**, Diario Tonto, y quiere decir **"perro"** en francés, pero cuando alguien lo dice, parece como si estornudara).

Si, por ejemplo, dijeras: "Oye, mamá, ¿has visto por acá a mi *chien*?".

Ella te respondería sin siquiera mirarte: "¡Salud!".

Y después nos reiríamos las dos.

Ay, los franceses, ¡me encanta lo extranjeros que son!

Los franceses seguramente andan en puntas de pie.

Jueves 5

Querido Diario Tonto:

Es **Día del Pastel de Carne**, por supuesto. El jueves siempre es Día del Pastel de Carne. Si compras el almuerzo de la escuela, la Srta. Bruntford, la encargada del comedor, está ahí para asegurarse de que te comas el pastel de carne, aunque huela a estofado de sobaco.

Creo que nuestra opinión de la Srta. Bruntford ha cambiado un poco. Sigue siendo desagradable y malvada como, digamos, una vaca armada con granadas. Pero cuando la Srta. Anderson* estaba enamorada del prometido de tía Carol, la Srta. Bruntford hizo todo lo posible para destruir los sueños de la Srta. Anderson, así que de alguna manera ella es muy, muy agradable.

Aun así, es más fácil comerse el pastel de carne que discutir con la Srta. Bruntford, de manera que hoy traté de que me supiera mejor diciendo **"pastel de carne"** con acento francés. Pero al enrollar la lengua para hablar con acento me atraganté.

---

*La Srta. Anderson es mi maestra de arte y es lo suficientemente linda para ser una mesera o vender casas. Ella solía ser mi M.A.M., que es como ser la M.A.P.S., pero con una maestra. Al igual que muchas de las **Mejores Amigas Para Siempre**, no nos fue bien y no duró mucho.

Isabella intentaba con todas sus fuerzas hacerme reír mientras almorzaba. Le pedí que parara porque una vez oí sobre una niña de otra escuela que se rió mientras comía y un espagueti se le metió por la nariz. Los maestros pensaron que podía ser un intestino o una vena, así que la enfermera tuvo que ir al comedor y sacar el espagueti enfrente de **toda la escuela**. Por supuesto, la mezcla de *envenenamiento con fideo nasal* y la *vergüenza inimaginable* casi la mata.

Mientras Isabella se esforzaba por hacerme reír, Angelina nos pasó por al lado camino a la mesa de los superpopulares. Podría jurar que se detuvo por un segundo junto a nuestra mesa, como si hubiera pensado sentarse con nosotras.

Ella puede sentarse donde quiera, por supuesto. Todo el mundo sabe eso. Cuando eres tan linda y popular como Angelina, la lista de lugares donde no puedes sentarte a almorzar es corta.

LUGARES DONDE ANGELINA NO PUEDE SENTARSE A ALMORZAR

1. MARTE (POR AHORA)

2. SOBRE EL ALMUERZO DEL PRESIDENTE

3. ESO ES TODO

Pensé que Angelina querría acompañarnos, pero tal vez paró por un segundo para acomodarse los calzones o algo así. (Isabella dice que a las personas atractivas no se les meten los calzones en el trasero de la misma manera que a las personas normales, que casi necesitamos un equipo de rescate de esos que buscan cachorritos perdidos en las cuevas, porque ellas tienen la destreza de flexionarse elegantemente de tal manera que los calzones salen como escupidos, lo cual suena horrible y fabuloso al mismo tiempo).

¿El almuerzo preferido de Angelina?

Pétalos con brillantina y perfume.

Seguramente.

SSST

Después del almuerzo pasamos por la oficina de tía Carol y nos contó sobre su vestido de novia y los zapatos y el velo y toda esa bobería. Isabella le dijo que la fecha de la boda estaba tan cerca que era posible que no todo estuviera listo para entonces.

Creo que eso sacó a tía Carol de sus casillas porque agarró el calendario, se lo mostró a Isabella y le dijo que había tiempo de sobra.

TÍA CAROL ENLOQUECE

Después le volvió a decir a Isabella que había tiempo de sobra y me lo dijo a mí. Nos lo dijo a las dos un par de veces más y se lo dijo al calendario, pero sonó como si le estuviera rogando al calendario en lugar de decírselo.

Bravo, Isabella. ¿Te has vuelto loca?

Viernes 6

Querido Diario Tonto:

¡**Noticias bellas y gloriosas!** Hoy nos dijeron en la escuela que algo se pudrió en el sistema de ventilación o calefacción de la Escuela Secundaria de Wodehouse. Parece ser que hay una especie de olor espantoso, tal vez venenoso. Como piensan que tardarán semanas en repararlo, van a repartir a los estudiantes entre varias escuelas vecinas, y la Escuela Secundaria de Mackerel es una de ellas.

Estoy **ENCANTADA** de que vengan extranjeros. ¡Adoro a la gente que no es de aquí! Y apuesto a que a ellos también les gusta no ser de aquí. Yo sé que si no fuera de aquí, sería muy feliz.

Mira, el único problema de aquí es que es de donde soy. Y ellos no son de aquí, así que ya sé que eso me gusta de ellos.

Aunque solo viven a unas millas, me pregunto si tendrán acento. Inglaterra está a unas pulgadas de Francia y sus acentos son diferentes.

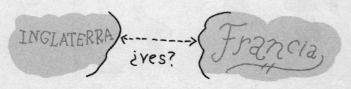

Isabella no confía en los chicos de Wodehouse y cree que seguramente nos quitarán nuestras cosas. Isabella tiene hermanos mayores desagradables, así que ha crecido pensando que siempre hay alguien que quiere quitarle lo suyo o lanzarle mocos.

Tal vez esa sea la razón por la que piensa, equivocadamente, que cualquier lugar es peor que aquí, mientras yo creo, acertadamente, que cualquier lugar es mejor que aquí. (Excepto por los lugares donde hay leyes raras que prohíben bailar con un mono o ponerse tacones altos. Las dos estamos de acuerdo en que esos lugares son peores).

Isabella y yo cometiendo UN DELITO

Tía Carol vino un rato esta noche a visitar a mamá. Resulta que descubrió unos panfletos para perder peso sobre su escritorio en la oficina y se puso furiosa. Piensa que alguien le está insinuando que ha subido de peso.

Todos le dijimos que seguramente se trata de alguien que está celoso.

Isabella había venido a cenar, y fue bueno tenerla a mano para que alegrara a tía Carol contándole de una prima suya que es tan gorda que tuvieron que usar dos vestidos de novia para hacerle el suyo. Le dijo a mi tía que podía conseguirle el nombre de los modistos porque también se dedican a hacer tiendas de campaña, en caso de que tía Carol quiera ir a acampar durante su luna de miel.

Isabella siempre tiene respuestas para todo. Creo que tengo mucha suerte de que seamos buenas amigas. También es bueno que cada vez que viene a cenar, papá insista en que pidamos pizza o algo por el estilo porque es difícil predecir cómo reaccionará el estómago de un "no pariente" ante la comida de mamá.

una vez, una chuleta de cerdo de mamá hizo que la cabeza de una señora vomitara su pelo

Después de la cena, Isabella y yo tratamos de enseñarle a Stinker algunas palabras extranjeras. Stinker odia a los gatos, así que yo intenté enseñarle la palabra **"chat"**, que en francés significa **"gato"**. Pero Stinker ni se movió, así que Isabella dijo que puede ser sordo, e intentó comunicarse con Stinker a través del lenguaje de señas, mostrándole la única palabra que conoce en ese lenguaje, que es también gato. Stinker olisqueó a Isabella, y ella dijo que eso prueba que es sordo porque quiso ver si ella olía a gato.

Pero yo no creo que sea sordo. Si te pones las manos en la cara, Stinker piensa que tienes comida en la boca y se pone alerta para ver qué se te va a caer, que es la manera preferida de comer de los perros.

Si yo llegara a tener un restaurante para perros alguna vez, los meseros pasarían por las mesas comiendo lo que los perros hayan ordenado. Cada vez que estén junto a una mesa, dejarían caer algo.

Ah, y llenaríamos los vasos de agua de los perros en el inodoro porque eso también parece gustarle mucho a Stinker.

Sábado 7

Querido Diario Tonto:

Angelina llamó ¡¡A PRIMERA HORA ESTA MAÑANA!! Ella es una de esas locas que se levanta temprano los días en que no hay que ir a la escuela.

Todavía faltan semanas para entregar el proyecto que tenemos que hacer juntas, pero Angelina quiere planearlo con tiempo.

Yo también estaba PLANEANDO CON TIEMPO, Angelina. PLANEABA no hacerlo hasta el último día, lo que es una manera completamente legítima de planear. Así que no eres la única capaz de PLANEAR, Rubia Tonta.

En todo caso, Angelina es una ENCANTA-DORA DE PADRES, una de esas personas que puede hablar con los padres y entender su extraño idioma. Le contó a mi mamá sobre el proyecto, de manera que ahora mamá va a estar encima de mí hasta que lo acabe. También le contó del plan que tiene hoy para nosotras: que ella y su mamá pasarán a recogerme en un rato... **para ir a sacar fotos de grafitis en algún lado.**

Como recordarás, Querido Diario Tonto, la mamá de Angelina se parece mucho a Angelina (bueno, si deformaras a Angelina hasta convertirla en mamá), pero su pelo se ve peor que el mío.

Ella y Angelina parecen tener una relación de madre e hija muy extraña: se tratan amablemente. No tengo ni idea qué se traen con eso.

Su mamá es muy amable conmigo porque su hermano, el subdirector Devon, se va a casar con mi tía Carol, lo que la convertirá en mi prima o mi abuela política o algo así, si el divorcio por el que estoy rogando no se da (dedos cruzados).

A mí me cae bien la mamá de Angelina, lo que hace que me pregunte si Angelina será adoptada o la habrán hecho en alguna diabólica fábrica de muñecas.

PESTAÑAS

CABEZAS ASQUEROSAMENTE PERFECTAS

LOCIÓN de MANOS

Fuimos hasta el supermercado, y Angelina y yo intentamos descifrar el significado de un grafiti que encontramos, pero se trataba de una lista de nombres escritos en la pared que está al lado de la basura. (Oigan, grafiteros, una pista: si tanto quieren que leamos sus nombres que hasta los pintan en las paredes, ¿por qué no los ESCRIBEN CLARAMENTE?)

Buena idea, Angelina. Tendremos que encontrar algo mejor que esto para nuestro tonto proyecto.

Domingo 8

Querido Diario Tonto:

Esta mañana Isabella y yo hablamos por teléfono durante mucho tiempo, lo que suele enloquecer a papá porque, como es un padre, las conversaciones con sus amigos son normalmente así:

PAPÁ: Hola.

AMIGO DE PAPÁ: Hola.

PAPÁ: Cortadora de césped.

AMIGO DE PAPÁ: Cortadora de césped fútbol.

PAPÁ: Tanque de gasolina fútbol llave inglesa plomería.

AMIGO DE PAPÁ: Adiós.

PAPÁ: Adiós.

Y ese es un amigo con el que no ha hablado en cuatro años.

Pero los domingos, papá se olvida de eso porque si comienza a regañar y a decir que debes aprovechar tu tiempo, inmediatamente mamá comienza a decirle a él que aproveche su tiempo, justo cuando él está tratando de aprovechar su tiempo viendo la tele y **sentándose en su trasero**. Así que los domingos puedo hablar por teléfono **toooooooooodo** el tiempo que quiera.

La armonía de la inutilidad mutua

Estaba tratando de entusiasmar a Isabella con la idea de los acentos porque creo que sería fabuloso si pudiéramos hablar entre nosotras con acento y nadie más nos entendiera. Pero Isabella me interrumpió y me dijo que oyó hablar de una niña de otra escuela que se quedó dormida en clase con un marcador abierto en la boca que le dejó una mancha azul en la lengua por el resto de la vida. La humillación total no le permite a esa niña sacarle la lengua a nadie que se la saque a ella. ¿Quién podría vivir así?

INCAPAZ DE
↑ RESPONDER
LENGUADAMENTE

A veces no logro descifrar el sentido de las historias de Isabella. Creo que la conexión en este caso era que este cuento tenía que ver con la boca, que es el orificio principal de donde salen los acentos.

Pero para ser alguien que no aprecia a los chicos de otras escuelas, Isabella sabe mucho acerca de ellos.

Lunes 9

Querido Diario Tonto:

Hoy llegaron los estudiantes de la **lejana escuela secundaria**. Está bien, solo queda a unas pocas millas, pero no importa. Tuve un encuentro cercano con uno y, *fabulosamente*, Angelina también.

Sucedió de esta manera: estábamos en la clase de literatura y el Sr. Evans hablaba de esa tontería que es la **tradición escrita**, y comenzó a dar una lección sobre los haikus.

Un haiku es un poema tradicional japonés de tres versos. El primero tiene cinco sílabas, el segundo, siete, y el último, cinco, y es útil saber esto en caso de que alguna vez necesites escribir un lindo poema pero no quieras gastar más de diecisiete sílabas en el proyecto.

Así que el Sr. Evans nos leyó unos cuantos de esos poemas, que son más o menos bonitos. La mayoría parece ser sobre flores y pájaros. Después nos pidió que escribiéramos uno, pero solo nos dio unos minutos para hacerlo, y no me pareció justo que nos hiciera leerlos en voz alta. Pero lo hizo.

En fin, este es el mío:

Cinco sílabas.
Y en este renglón, siete.
Otras cinco. ¿Ya?

Cuando Evans se enoja, le circula más sangre por la cara y la horrible vena que tiene en la cabeza le palpita. Cuando leí mi poema, le palpitó dos veces, y entonces Evans llamó a Angelina, y este fue el haiku que escribió ella, lamentablemente:

Canta el ruiseñor
su melodía de amor
dulce y brillante.

Por supuesto, recibió una pequeña ronda de aplausos, porque hasta un gas de Angelina recibiría aplausos.

Pero antes de que le erigieran una gran estatua dorada a la memoria del excelente haiku de Angelina, una chica que estaba sentada atrás, a quien yo no había visto entrar, alzó la mano. Era una de las estudiantes de la Escuela Secundaria de Wodehouse.

—Sí, *Colette* —dijo el Sr. Evans.

Como lo oyes, Diario Tonto: *Colette*. Ese es un nombre francés, lo que significa que suena un 25 por ciento más atractivo que un nombre no francés, como por ejemplo, Barney.

Y no te pierdas esto: es **más linda** que Angelina. ¡MUCHO MÁS LINDA! Y eso que no dispone de la ventaja injusta del pelo rubio. De hecho, el pelo de *Colette* es negro. Tan negro, sedoso y brillante como si cruzaras a un cachorrito con un unicornio. Y saliera con pelo negro.

Bueno, ese animal no salió tan atractivo como pensé que saldría. De todos modos, *Colette* tiene un pelo muy lindo estilo francés, y este fue su haiku:

Oye, pájaro.
Canta, pero haz la caca
lejos de mi auto.

El haiku de *Colette* recibió aplausos *y carcajadas*. Y creo que estaba dirigido a Angelina porque justo en el último verso vi que la miró y le sonrió, pero no fue una sonrisa amable. Fue la sonrisa de una bella hada leñadora que está a punto de meterle una sierra a un antipático árbol rubio.

Y entonces, fue como si el haiku de Angelina hubiera desaparecido de la faz de la Tierra, tan fácil como desaparece la belleza cuando le pasa por encima un tren.

Después de clase, vimos a *Colette* en el pasillo, y su belleza hacía que los chicos rebotaran detrás de ella como si estuvieran atrapados en un torbellino de **Feminidad Pura**.

—Muy buen haiku, *Colette* —dijo Isabella.

—Ojalá hubiera sido mi-ku —dije yo adorablemente.

—Por supuesto, Jamie, fue mil veces mejor que el tuyo —añadió Isabella.

No había necesidad de eso último. Y se lo hice saber a Isabella cuando se me ocurrió una muy buena respuesta dos horas más tarde, aunque se me olvidó lo que le iba a decir cuando la volví a ver.

Cállate ya. ¡De veras que era una *excelente* respuesta!

Martes 10

Querido Diario Tonto:

Hoy *Colette* se sentó en nuestra mesa en el almuerzo. El nombre *Colette* es francés, así que no me sorprendí al verla comiendo papas a la FRANCESA. Le pregunté si había comido tostadas francesas al desayuno, pero me arrepentí al instante, porque me miró de la misma manera en que yo miro a mi primo cuando se mete algo en la nariz.

Afortunadamente, Isabella estaba ahí, y ella siempre sabe cómo entablar una conversación.

—Dime, ¿qué es lo que te traes entre manos? —le preguntó Isabella a *Colette*, sin hacer despliegue de sus mejores cualidades conversacionales.

—¿Entre manos? —dijo *Colette* con cara de inocencia.

Tuve que explicarle que Isabella es desconfiada por naturaleza por culpa de sus hermanos mayores, que son muy antipáticos.

—*Ah, yo sé cómo ajustar cuentas con hermanos mayores antipáticos* —dijo *Colette* sonriendo.

OJOS DESCONFIADOS

MANOS QUE SERÍAN MÁS FELICES SI FUERAN PUÑOS

BOCA QUE HA MORDIDO MÁS PERSONAS QUE LA BOCA PROMEDIO

Como yo no tengo hermanos mayores, a partir de ahí no entendí ni una palabra del idioma que esas dos comenzaron a hablar, pero sí comprendí algunas de las cosas que le dijo *Colette* a Isabella:

—*Dale una sola vuelta a la soga. Si le das más, podrían terminar en la sala de emergencia.*

—*Utiliza comida para gatos podrida. Es la peor, y que no te caiga en las manos. Podría dejarte ciega.*

Y...

—*Asegúrate de que entiendan que si le dicen a la policía, la próxima vez será peor.*

Isabella tomó notas que se veían mucho más claras que cualquier otra nota que hubiera tomado antes en su vida. Y cuando *Colette* se marchó, dijo:

—Esa es posiblemente la mejor hermana menor que haya existido jamás. Nunca hubiese imaginado cuánto sabe sobre venganza y traición.

Isabella me recordó a tía Carol cuando me dijo que se había comprometido.

Miércoles 11

Querido Diario Tonto:

A Isabella se le metió un pedacito de brillantina en el ojo en la clase de arte y tuvo que ir a la enfermería. A mí se me hizo difícil creer que necesitara atención médica porque he visto a Isabella soportar cosas que harían cantar a espías profesionales, pero de todas formas fue.

La enfermera no encontró el pedacito de brillantina. Isabella dijo que tal vez su lagrimal se lo había tragado, pero la enfermera dijo que eso no era posible. Yo no estoy tan segura. Casi nada ha salido de los lagrimales de Isabella desde que la conozco.

Después de la clase de literatura me encontré con Isabella afuera de la enfermería y fuimos a la oficina principal a hablar con tía Carol.

Isabella le preguntó por las papeletas para la votación. Quería saber si ya estaban listas para ser entregadas y si había oído decir que los pasteles de matrimonio estaban fuera de moda y que la mayoría de las celebridades ofrecían magdalenas en su lugar.

Tía Carol dijo que estaba atrasada en el asunto de las papeletas y que era la segunda chica que le preguntaba acerca de eso en el día de hoy. También quería saber dónde había oído Isabella que los pasteles de boda estaban fuera de moda.

Isabella no se acordaba, pero creía que en las noticias o en los periódicos o en Internet. Tal vez en los tres.

Yo pensé que era un buen dato, pero tía Carol se enojó como si fuera culpa de Isabella que el mundo de la moda ya no se interesara en los pasteles. Algo tan obvio. Basta ver a una de esas modelos para darse cuenta de que hace tiempo no se interesan en los pasteles.

OTRAS COSAS QUE YA NO LES INTERESAN A LAS MODELOS

ZAPATOS CÓMODOS

SUDADERAS

CAMINAR NORMALMENTE

Jueves 12

Querido Diario Tonto:

Resulta que también han enviado a nuestra escuela a una encargada de la cafetería de la Escuela Secundaria de Wodehouse. Hoy hizo el mejor almuerzo de la historia de la Escuela Secundaria de Mackerel.

Se llamaba **pâté** de carne. Parece que eso quiere decir pastel de carne en francés, según Isabella. En realidad no sabía mucho mejor que el pastel que nos suelen servir los jueves, pero uno veía al instante que ERA MUCHO MEJOR porque tenía una hojita de perejil encima, y eso hace que todo sea más apetitoso.

PAYASO ASESINO
ESCONDIDO
DEBAJO DE TU CAMA

PAYASO ASESINO
CON HOJITA
DE PEREJIL

Ahora que lo pienso, *una hojita de perejil* es como una dosis de extranjería.

Nosotras no sabíamos nada sobre el origen del pâté, pero *Colette* nos acompañó a almorzar y su agudo sentido del gusto identificó la receta de Wodehouse.

Yo le hice muchas preguntas sobre su secundaria, como en qué se diferenciaba de la nuestra, si los chicos tenían acento y si habían sufrido la plaga de alguna rubia problemática como la que sufríamos nosotras.

Ella supo inmediatamente de quién estaba hablando (yo señalé un poco), y dijo que en su escuela también había chicas que se teñían el pelo y se ponían mucho maquillaje. (Isabella y yo nos miramos porque las dos sabemos que Angelina no hace eso, pero es grosero contradecir a alguien que miente y te divierte al mismo tiempo).

Colette también dijo que en su escuela hacían una votación para elegir al MEJOR AMIGO/A, MÁS APUESTO/MÁS BELLA, MÁS ARTÍSTICO/A, y cosas así, pero que este año seguramente sería cancelada por el asunto de la reparación y que ella no podría participar en nada.

Isabella le dijo que no se preocupara, que la votación de la Escuela Secundaria de Mackerel incluiría a todos los estudiantes de Wodehouse. No tengo ni idea de por qué Isabella sabía eso, pero ella es una experta EN TODO, y por eso todos los años gana en la categoría de MÁS LISTO/A.

PRUEBA DE INTELIGENCIA

INVENTÓ EL LABRADOR CON CONTROL REMOTO A LOS CUATRO AÑOS.

DESARROLLÓ UNA NUEVA TÉCNICA DE PÉRDIDA DE PESO A LOS CINCO

EL PASADO JUNIO DESCUBRIÓ LA HUELLA DE UN YETI DIMINUTO EN LA PLAYA

Viernes 13

Querido Diario Tonto:

Isabella vino a dormir a casa. Tardamos menos de lo usual en hacer las cosas que siempre hacemos cuando ella viene a dormir. Déjame decirte que si hubiera una **Bromista Telefónica Profesional**, Isabella elegiría esa carrera sobre las otras dos que la atraen: **Detective de Casos Criminales** o, si esta no funciona, **Criminal Profesional**. También le gustaría ser asistente dental.

Nota a mis padres: si están leyendo esto, no hicimos ninguna broma telefónica. Si eres yo, Jamie, CLARO que la hicimos.

Luego de hacer algunas bromas telefónicas internacionales, Isabella comenzó a preguntarme sobre tía Carol y las papeletas para la votación, y dijo que deberíamos decirle a mi tía que nosotras podríamos encargarnos de las papeletas, ya que ella está muy ocupada con esa boda destinada al fracaso. Yo **NO** quería hacerme cargo de ese proyecto, sobre todo cuando estoy tan ocupada evitando el otro proyecto que tengo que hacer con Angelina.

Pero Isabella es muy convincente, y por fin accedí a hablar con mi tía, pero solo si ella accedía a participar conmigo en el proyecto del acento. Isabella estuvo de acuerdo, y comenzó a enseñarme a pronunciar mal algunas palabras, como su abuela.

La abuela de Isabella tiene acento, pero a mí siempre me suena un poco asqueroso. (Lo siento, Isabella, adoro a tu abuela, pero ella parece una calabaza a la que le pasó por encima un autobús).

Pero cuando Isabella habla como su abuela, suena muy bien. No suena inteligente ni sofisticada, pero sí parece provenir de algún otro lugar.

Cuando ensayamos el acento de la abuela de Isabella con Stinker, no nos entendió, aunque le gritamos, por eso de que es sordo. A mí me sale muy bien ese acento, pero no sé si tengo suficiente personalidad para utilizarlo en público. (Creo que es un acento italiano, lo cual es perfecto para mí porque me encantan las cosas italianas como los macarrones con queso y el helado de chocolate, vainilla y fresa, excepto cuando me encuentro las fresas).

Isabella dice que si los italianos capturan al tipo que inventó el espagueti enlatado, lo encerrarán por CRÍMENES CONTRA LA PASTA.

Llamé a tía Carol y pareció entusiasmarse al oír que la ayudaríamos con las papeletas. Ha estado muy ocupada buscando magdalenas de matrimonio y no tiene tiempo para nada más. Isabella me obligó a decirle que buscara información sobre los **zuecos de novia,** porque esos son los zapatos de moda que las celebridades de Hollywood están usando en sus bodas. Son de madera y realmente fabulosos. Y también parece ser que lo último en vestidos de novia son los vestidos bombachos marrones.

Yo no he oído nada de eso, pero Isabella sabe mucho.

¿NO SERÍA MARAVILLOSO SI LOS CASTORES HICIERAN LOS ZUECOS DE LOS ÁRBOLES QUE MUERDEN?

Sábado 14

Querido Diario Tonto:

Angelina llamó **A PRIMERA HORA ESTA MAÑANA**. Volvió a despertarse temprano un día en el que no hay escuela. Aunque hoy terminamos yendo a la escuela después de todo.

Como Angelina habla con sus padres con completa franqueza, también le contó a mi mamá sobre el plan que tenía para nosotras.

(La verdad es que no soporto cuando la gente les habla a mis padres como si fueran gente).

El subdirector Devon, el tío de Angelina, nos dio permiso para estar en la escuela un sábado... **y sacar fotos de lo que está escrito en ¡¡EL BAÑO DE LOS CHICOS!!**

NO DEJES QUE EL MUÑECO DE JENGIBRE TE ENGAÑE. AHÍ ADENTRO NO HUELE A PASTELERÍA.

Así es. Como si los grafitis **PÚBLICOS** no fueran lo suficientemente estúpidos, a Angelina se le metió en la cabeza estudiar la tradición escrita de los chicos leyendo lo que escriben en las paredes.

Yo me iba a oponer rotundamente, basándome en la **ASQUEROSIDAD MORTAL** del baño de chicos, pero Isabella oyó la conversación e insistió en ir con nosotras.

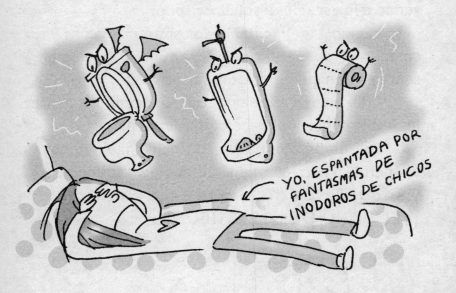

YO, ESPANTADA POR FANTASMAS DE INODOROS DE CHICOS

Así que fuimos, Diario Tonto. Fuimos a donde van los chicos.

Pero en este momento los oídos me están zumbando y necesito una aspirina y un descanso. Te lo cuento mañana.

Domingo 15

Querido Diario Tonto:

Es temprano en la mañana y mis oídos ya casi no zumban. Voy a contarte lo que pasó ayer.

Mi mamá nos llevó a la escuela y se quedó afuera esperándonos. Firmamos en la oficina y nos dirigimos hacia uno de los baños sucios de los chicos.

Yo estaba en contra de esta pequeña misión debido a una pesadilla que tengo de vez en cuando en la que necesito usar un baño con urgencia, pero no puedo encontrar el de las chicas y termino usando el de los chicos. En la pesadilla, abro la puerta del baño de los chicos y entro, y ahí está Hudson Rivers, el octavo chico más apuesto de mi salón, que ni siquiera se sorprende al verme, lo que es raro porque yo estoy casi segura de que estamos destinados a ser pareja algún día (creo que él también lo sabe). Pero cuando me miro en el espejo, soy un orangután, y me parece que eso es algo que un tipo notaría de su futura esposa.

Así que estaba en la escuela abriendo la puerta del baño de los chicos con cuidado mientras me miraba los pies para ver que no me estuvieran saliendo pulgares de orangután cuando Isabella pensó que me demoraba mucho y muy amablemente me empujó.

En nuestra escuela si escribes grafitis te puedes meter en un GRAN lío, y los limpian muy rápido, pero no todos los días, por eso Angelina pensó que podríamos encontrar algunos para nuestro proyecto.

Tomamos muchas fotos del baño con la cámara de Angelina, y eso hizo que no sintiéramos tanto que estábamos espiando en un lugar horrible sino, más bien, que éramos *Detectives Atractivas* en busca de pistas en medio de poemas cortos sobre caca y artefactos muy peculiares pegados a la pared, que no son precisamente lindas fuentecitas con mentas gigantes, te lo aseguro.

con mucho estilo

No me enojé sino hasta que comencé a leer los grafitis.

Mira, muchos chicos pueden ser artistas y escritores maravillosos, pero no van a hacer su mejor trabajo en los baños escribiendo sobre *temas generales*. Y *eso* fue lo que me enojó.

Bueno, no fue eso exactamente.

GRAFITIS ESTÚPIDOS DE CHICOS

Me molestó lo que habían escrito de Angelina. Porque a pesar de que los temas generales sobre los que habían escrito eran muy malos (el mal olor, la caca y las partes artificiales de los maestros), en el tema de Angelina habían realizado el MEJOR trabajo ¡de sus vidas! Era mucho mejor que lo que escriben en las tareas y mejor que lo que pintan en la clase de arte. Aquí pongo algunas cosas que copié:

Angelina
Te amo más que a la vida y tal vez más que a los videojuegos

AMOR

La escuela secundaria es el Este y Angelina es el Sol.

GRAFITIS SOBRE ANGELINA

Yo intentaba ocultar el mal humor ante la adulación y Angelina intentaba ocultar la vergüenza, hasta que Isabella gritó.

Tal vez ya haya dicho algo sobre esto, pero Isabella tiene unos hermanos terribles, lo que ha provocado que a lo largo de los años haya desarrollado un grito que sus padres pueden oír a millas de distancia y que les hace saber que sus hermanos están torturándola de alguna manera (escupitajos es la tortura más común).

Dentro de aquel minúsculo baño, estando **todastanjuntas**, el grito de Isabella fue paralizante. Angelina casi se desmaya.

Y aquí te doy la razón por la que Isabella gritó: en uno de los cubículos, escrito con marcador verde y muy buena letra, decía:

VOTA POR JAMIE KELLY COMO LA MÁS BELLA

No supe qué decir. Pero Isabella sí, y lo dijo:

—Parece que no todos piensan que eres la más bella, ¿no crees, Angelina?

Lo que supongo es cierto. Pero Isabella lo repitió una y otra vez hasta que la dejamos en su casa. Incluso lo gritó mientras nos alejábamos.

A Angelina no pareció importarle mucho lo del grafiti, pero a mi mamá sí le molestó bastante. Le pidió a Angelina copias de todas las fotos para ver qué más había escrito en las paredes del baño acerca de su hija. Parece que esto es algo que les interesa a las mamás.

UNA VEZ OÍ SOBRE UNA MAMÁ QUE METIÓ TANTO LAS NARICES EN LOS ASUNTOS DE SU HIJA QUE SE LE QUEDÓ ATASCADA.

Lunes 16

Querido Diario Tonto:

Es extraño, pero el grafiti del baño de los chicos me dio tanta confianza en mí misma que decidí probar mi nuevo acento en los alrededores de mi casillero. Desafortunadamente, me di cuenta de cuán intolerantes son los chicos de mi escuela ante gente que suena como si fuera de otro país.

Primero me sonrieron, y luego se rieron. Y cuando yo no me reí, me preguntaron qué me pasaba.

Pero el Sr. Van Doy pasó por ahí y me preguntó si me estaba atorando, lo que es un buen indicio de que estaba hablando con mucho acento.

LOS SONIDOS ENFERMIZOS SON ESENCIALES EN MUCHOS ACENTOS EXTRANJEROS

Angelina me buscó en el pasillo porque estaba interesada en fotografiar grafitis en **los baños de las chicas.** Yo le dije que lo hiciera sin mí, pero ella dijo que debíamos hacerlo juntas. Sí, seguro. ¿Qué piensa? ¿Que somos una especie de gemelas siamesas conectadas para el proyecto?

He tenido esta pesadilla

Pero no se dio por vencida, así que fui con ella al baño de las chicas que está cerca de mi casillero para que se callara.

Casi no había grafitis, lo que es una buena noticia porque significa que vamos a reprobar esta tarea y será culpa de Angelina.

Fotografiamos: 1) Un pequeño dibujo de un tipo calvo mirando sobre una pared.

2) Un dibujo de la Srta. Bruntford que Isabella hizo hace un mes y que ya me había mostrado.

3) Y, aunque no lo creas, OTRO "VOTA POR JAMIE KELLY COMO LA MÁS BELLA". Era igual al del baño de los **chicos**.

Se me hizo evidente que el acento estaba funcionando, aunque solo había comenzado esa mañana. Pensé que alguna chica habría quedado impresionada y había corrido a escribir ese adorable tributo.

—Tal vez te estás poniendo más linda, pero no nos damos cuenta —dijo Isabella más tarde, cuando le conté acerca del grafiti.

En ese momento le agradecí que lo dijera, pero ahora que escribo esto, no me suena tan amable.

Debo admitir que desde que leí esos grafitis tan favorables, la idea supertonta de Angelina me está empezando a gustar.

—Tal vez debamos ir a mirar en uno de los baños de los maestros —dije, e Isabella viró la cabeza como Stinker cuando oye caer al suelo una papa frita.

—¡Yo voy! —dijo Isabella—. ¡Vamos!

¿ves? idénticos.

Pero aquí está el problema. No se puede entrar en el baño de los maestros así como así y comenzar a sacar fotos. Créeme, los adultos necesitan un **MONTÓN** de ungüentos para no convertirse en una pila de polvo, y tener que verlos cuando se los ponen es algo que **NO QUERRÁS** hacer ni por accidente. (Es una historia larga, pero para resumir: mi abuela. Loción. Sarpullido. Desnudo total. Moraleja de la historia: **GOLPEA ANTES DE ENTRAR**).

ojos calcinados ante la desnudez de mi abuela

Además, sabía que debíamos pedir permiso, pero eso no sería un problema. También sabía que tía Carol diría que sí, así que Isabella y yo solo teníamos que ir a la oficina después del almuerzo y preguntarle.

Tía Carol dijo que *no*. ¿Puedes creerlo? **¡Yo soy su sobrina!** Me enojé mucho e Isabella se puso tan furiosa que **salió inmediatamente de la oficina...** y al rato volvió con Angelina, que hizo exactamente la misma solicitud y, entonces, tía Carol accedió.

¿QUÉ? ¡ANGELINA! No podía aguantar que *otra cosa más* le resultara fácil a Angelina. Isabella me dijo que no me encendiera los calzones por eso y que ella sabía que tía Carol le diría que sí a Angelina porque la gente suele ser más amable con otros que con sus parientes.

Supongo que nunca había notado esto, pero como Isabella tiene una familia grande, tiene más gente a la que debe tratar mal que yo. Además, me dio risa lo de los calzones encendidos.

Tía Carol dijo que no encontraríamos grafitis en el baño de los maestros porque ellos tienen cosas más importantes que hacer que escribir en las paredes, pero a mí me parece que eso es exactamente lo que hacen.

El baño de los maestros se parecía al baño de cualquier persona normal, excepto por la lata grande de aromatizador que colgaba del inodoro, lo que significa que han dejado de pretender que no están haciendo caca allí. Me parece que a medida que envejeces te preocupas menos cada año por impresionar a los demás.

A mi papá, por ejemplo, ya no le importa salir en pijama a buscar el periódico, pero no es tan viejo como mi abuelo, que saldría a podar el césped desnudo si mi abuela se lo permitiera.

SÉ QUE PAPÁ YA NO SE PREOCUPA. UN DÍA SALIÓ POR EL PERIÓDICO CON LA BATA DE MAMÁ.

De cualquier manera, no encontramos ningún grafiti, solo un corazoncito con una flecha que decía **D.D. + V.A.** Yo no sabía qué quería decir, pero Isabella está segura de que **D.D.** es **Dan Devon** (el subdirector Devon) y que **V.A.** puede ser **Valerie Anderson,** nuestra maestra de arte que es lo suficientemente linda para ser mesera. Ella fue la que trató de robarle el subdirector Devon a tía Carol.

Yo supuse que lo mejor sería borrarlo y no decirle nada a mi tía, e Isabella estuvo de acuerdo. Así que fue a pedirle un trapo a tía Carol y le dijo exactamente para qué era, y hasta le describió la flecha que atravesaba el corazón.

MIRA QUÉ ESPANTOSO

Más tarde, vimos a tía Carol y al subdirector Devon **GRITÁNDOSE SUSURROS** el uno al otro. ¿Conoces ese tipo de susurro que se hace cuando quieres gritar pero no quieres que te oigan? Sonaban como perritos roncos peleando dentro de una bolsa.

la única manera en que los adultos discuten más alto que un susurro es cuando lo hacen en silencio

Isabella es muy lista, pero a veces me sorprende. ¿Cómo no previó la manera en que tía Carol reaccionaría?

Martes 17

Querido Diario Tonto:

Madre mía. Hoy estudiamos más cosas culturales. El Sr. Evans habló de *frases sabias* como EL CÉSPED DEL VECINO SIEMPRE ES MÁS VERDE. Dijo que estas frases pueden ilustrar los valores de una cultura. Nos preguntó qué querría decir eso del **césped más verde**, y yo dije que quiere decir que tu papá es igual de malo que el mío podando la hierba.

Pensar esto me dio dolor de cabeza. Tal vez dolor y medio, así que quizás no estaba lejos de la respuesta.

DOLOR   DECADOLOR   DOLOR RABIOSO

Al igual que con el haiku, el Sr. Evans nos pidió que escribiéramos nuestra frase preferida. Y nos pidió también que la leyéramos en voz alta.

Aquí pongo algunos ejemplos de lo que escribimos:

Angelina: NO PUEDES JUZGAR UN LIBRO POR SU TAPA.

Yo: MÁS VALE PÁJARO EN MANO QUE CIENTOS VOLANDO.

Isabella: QUIEN LO OLIÓ, LO PROVEYÓ.

Pero el Sr. Evans dijo que eso no era exactamente una frase sabia, así que Isabella dijo otra rápidamente:

QUIEN LO NEGÓ, LO DESPACHÓ.

Evans dijo que esa también estaba mal, así que Isabella dijo otra más:

QUIEN MÁS RELAJADO SE VE ES QUIEN BRINDA EL TÉ.

Y:

QUIEN MÁS CONTENTO PARECE ES QUIEN CON SU AIRE REVERDECE.

Yo sé que Isabella tiene más frases sabias sobre este tema, pero el Sr. Evans no le dio oportunidad de decirlas todas. Se tocó la cabeza y señaló a *Colette*.

Colette se paró a leer su frase meneando su pelo como si se tratara de una gloriosa capa negra de vampiro.

—En realidad no tengo una, Sr. Evans, pero quería decir que ustedes tienen mucha suerte de asistir a esta escuela, y también agradecerles que nos hayan recibido mientras arreglan nuestro sistema de ventilación —dijo, y sonrió de tal manera que hizo que la famosa sonrisa de Angelina pareciera una cáscara de plátano puesta en la boca de un sucio muñeco de nieve.

El Sr. Evans no supo qué decir. Creo que quedó encantado momentáneamente. Y sospecho que toda la clase también. Le quedó muy **bien**. Y fue durante esta pausa que Angelina hizo algo REALMENTE extraño.

Se paró y dijo que quería leer un *informe parcial* de nuestro proyecto sobre los grafitis, y antes de que Evans pudiera decir está bien, le mostró a toda la clase las fotos que habíamos tomado, incluyendo las que decían VOTA POR JAMIE KELLY COMO LAS MÁS BELLA.

Hubo aplausos y un ¡SÍ, BRAVO POR ESO! (gracias, Isabella) y me sonrojé. Angelina sonrió y guardó las fotos.

¿Ves qué segura se siente Angelina de que no va a perder? Es capaz de mostrar las fotos, sabiendo perfectamente que votarán **por ella**. ¿Cuán despiadada puede llegar a ser?

Cuando alguien que no te cae bien hace algo bueno por ti es como si tu perro silbara con pedos tu canción preferida.

Miércoles 18

Querido Diario Tonto:

Tía Carol pasó por la casa después de la escuela y me pidió **POR FIN** que la ayudara con las papeletas de la votación.

Estaba un poco nerviosa, y mamá me dijo luego que planear una boda es complicado y que tía Carol está algo agobiada.

Cuando mamá se fue, papá ofreció su versión, diciendo que la boda está enloqueciendo a tía Carol y que pronto enloquecerá a mamá y a todo el planeta, a menos que ella y el novio se apuren y se casen de una buena vez.

No creo que papá vaya a convertirse en escritor profesional de tarjetas.

¡FELIZ CUMPLEAÑOS!

Y CÁLLATE LA BOCA

FELIZ ANIVERSARIO

A nadie le importa, solo a ustedes

Mi sentido pésame por la trágica pérdida.

Pero se veía venir.

TARJETAS DE PAPÁ

Aunque era tarde, llamé a Isabella para contarle que tía Carol nos había confiado el asunto de las papeletas y ella gritó de la misma manera que lo hace papá cuando un jugador en algún partido mete un gol o hace un *touchdown* o lo que sea.

Hoy usé mi acento un poco en la escuela y también lo probé con mamá y papá por la noche. Mamá me dijo que no era educado hablar así. Papá se rió primero, pero mamá le clavó los ojos y entonces repitió lo que ella había dicho.

Mamá se equivoca, pero creo que papá ha aprendido, al igual que Stinker, que a veces es mejor para tu cuello no tirar de la correa.

Ah, y algo más. Hoy vi que *Colette* le sacaba punta a su lápiz mientras mantenía una linda pose. De hecho, varios lo notamos. ¿Será que las chicas lindas toman clases especiales para aprender a posar todo el tiempo? ¿O será *Colette* simplemente más atractiva porque su nombre es francés?

Una maestra de una ESCUELA DE LINDURA enseñando a rascarse el sobaco con glamour.

Y hablando de Stinker, parece que está comenzando a entender mi acento. Esto me hace pensar que es muy, muy listo o, lo que es más probable, que tiene un problema mental. Se me olvida la fórmula para saber la edad de los perros, pero estoy segura de que Stinker, en años de perro, ya está muerto.

¿STINKER ESTÁ MUERTO? REVISA LAS PRUEBAS

OLOR PUTREFACTO

NO HACE LO QUE SE LE PIDE

DESAGRADABLE DE VER

COMO CASI TODO LO MUERTO, NO ENTIENDE INGLÉS

Jueves 19

Querido Diario Tonto:

Hoy Isabella se veía muy mal. Estuvo despierta casi toda la noche escribiendo las reglas y definiendo las categorías para la votación. Llegó a la escuela una hora y media más temprano para usar la fotocopiadora de la oficina, así hay suficientes papeletas para todos. Pensé que esto era algo que haríamos juntas, pero Isabella dijo que oyó que los chicos de Wodehouse se irían la semana entrante y quería incluirlos en la votación. Isabella es **muy** considerada.

NO INTENTES HACER ESTO EN CASA. YO SABÍA QUE ESTABA DEMASIADO CANSADA PARA PEGARME.

Estas son las reglas:

Solo se puede ganar en una categoría. Si una persona gana en más de una categoría, los que cuentan las papeletas decidirán quién es el ganador, ¡y todas las decisiones de los contadores de papeletas son inapelables!

Y aquí están las categorías que Isabella
determinó:
Más Artístico/a
Más Listo/a
Más Apuesto/Más Bella
Más Chistoso/a
Mejor Amigo/a
Quería incluir MÁS DESAGRADABLE,
MÁS APESTOSO/A y MÁS TONTO/A,
pero dice que sabe que no se lo permitirían y le
quitarían el proyecto de las manos. No puedo
ni imaginar lo difícil que fue para ella no incluir
esas categorías. Eso muestra lo buena que es en el
fondo.

Si la gente supiera
lo difícil que es para
las PERSONAS MALVADAS
tratar de no ser MALVADAS,
seguro que pensarían que
son más buenas que las
PERSONAS BUENAS

Entonces se anunció la votación y el lugar donde se pueden obtener las papeletas, aclarando que debían entregarlas en la oficina antes del viernes por la tarde. Isabella y yo las contaríamos, anotaríamos los resultados y anunciaríamos los ganadores el viernes siguiente.

ADEMÁS DE ESTA VOTACIÓN, ISABELLA Y YO DEBERÍAMOS ESTAR ENCARGADAS DEL GOBIERNO

NUESTROS CAMBIOS:

Reemplazaríamos el águila americana por un pato, que es un pájaro más agradable y gracioso

NO dejaríamos que viejos maliciosos y repelentes se encarguen de todo

No, reemplazaríamos el águila con un koala, que es más lindo todavía. Y los viejos maliciosos y repelentes también se volverían koalas.

Viernes 20

Querido Diario Tonto:

Hoy durante todo el día, la gente nos pidió a Isabella y a mí que les dijéramos los resultados de la votación antes que a los demás. No tenía ni idea de que la gente que gobierna, que es lo que hacemos ahora con este asunto de la votación, tuviera tanta presión encima. Le dije a Isabella que un estrés como este pudo haber sido la razón de que Washington se llenara de canas, pero ella dijo que eso era simplemente una peluca.

¿Puedes creer eso? No entiendo cómo, de entre todos los colores, eligió el **blanco platino**. Sin duda alguna, Lincoln, un **pelinegro** orgulloso de serlo, es mi presidente favorito.

apuesto a que era muy engreído y quería quitarle la novia a Lincoln

Angelina pasó por mi casa por la tarde y me dejó las fotos del baño de los chicos que mamá le pidió. No tuvo siquiera la decencia de meter las narices en nuestro asunto de la votación. Seguramente porque piensa que va a ganar, lo que la hace más insoportable todavía.

La gente que tiene la indecencia de NO ENTROMETERSE priva a la gente educada de su derecho A decirle que NO SE META

Isabella se quedó a dormir, pero no quería hacer bromas telefónicas ni practicar acentos. Solo quería contar papeletas. Contó los votos varias veces y no me los dejó ver. Luego, dijo que los revisaría nuevamente en la mañana porque había un par de cosas que no entendía.

a no ser por su fabuloso pijama, Isabella estuvo tan aburrida como un adulto

Sábado 21

Querido Diario Tonto:

Angelina no llamó esta mañana, lo que habría sido fantástico, excepto que de todos modos me desperté temprano. Me acostumbré a sus llamadas y después dejó de llamarme. Solo Angelina podría despertarte sin mover un dedo.

Mamá vio las fotos que tomamos y no dijo nada. El lunes se las daré a Angelina.

Isabella se pasó casi todo el día haciendo pequeños diagramas y pensando en las papeletas. Solo se distrajo para hacer un par de bromas telefónicas, pero no las hizo con ganas.

¿Está encendido su refrigerador?

SÍ...

MENOS MAL porque si no se le podría podrir su comida

LA PEOR BROMA TELEFÓNICA DE ISABELLA

Por la tarde, Isabella seguía negándose a mostrarme los resultados de la votación, y cuando le recordé que el proyecto debía ser entregado a tía Carol, que es MI TÍA, dijo que nunca habríamos tenido acceso a los votos si no hubiera sido por ella.

Y entonces admitió lo que había hecho. Déjame decirte que Isabella SIEMPRE está admitiendo cosas. Aunque lo que dice cada vez suena menos a confesión y más a alarde.

Resulta que Isabella ha estado asustando a tía Carol desde que se enteró de que ella sería la responsable de la votación. Isabella fue la que le dejó el panfleto sobre bajar de peso y le dijo que no tendría tiempo para preparar la boda. Inventó lo de las magdalenas y los zuecos de novia. Y fue ella quien escribió el grafiti del corazón en el baño de los maestros.

Isabella dice que es superfácil asustar a los adultos cuando están planeando algo tan grande como una boda. Y dijo que sabía que una pequeña sobredosis de estrés haría que tía Carol nos encargara la votación.

—Y habrás notado que tenía razón, y que por eso siempre soy la **MÁS LISTA** —dijo, y sonrió con esa sonrisa que en las películas siempre está acompañada de rayos y truenos.

Aun así, pienso que fue un poco malvado manipular de esa manera a tía Carol. Espero que el daño no sea irreparable.

Isabella me ayudó a practicar el acento de su abuela, tal vez porque se sentía culpable. Bueno, quizá la palabra no es **culpable**. No creo que ella se haya sentido culpable alguna vez.

Debería haber una palabra para el tipo de culpabilidad que siente la gente como Isabella: es culpabilidad, pero no muy pesada. Tal vez sienten **Culpa Dietética**.

Otros PRODUCTOS DE CALIDAD DISPONIBLES EN EL MERCADO ISABELLA

CEREAL VENGANZA
PARA QUIENES NO TOLERAN LA TOLERANCIA

TAMBIÉN REPELE RATAS
REPELENTE PARA HERMANOS
2 TONELADAS

EMBUTIDO
El engaño

DULZURA
BUENA POR DIEZ AÑOS

Domingo 22

Querido Diario Tonto:

Isabella volvió a quedarse a dormir. Yo no la invité, pero ella quería quedarse, así que hemos pasado el fin de semana juntas.

Cuando me desperté, ella ya estaba lista y mirando por la ventana. En la mano tenía una de las fotos que tomamos en el baño de los chicos.

—¿Qué ves? —me preguntó.

Le dije que era una buena foto de ella haciendo muecas.

—¿Algo más? —dijo.

Nada. En el fondo se veía a Angelina, de espaldas, y se le veía bien su pelo y su trasero.

Isabella guardó la foto y me mostró los resultados de la votación.

Angelina obtuvo **100** votos por ser la MÁS BELLA. *Colette* obtuvo **90**. *Yo obtuve 15.* **¿AH? ¿Qué te parece eso?**

—Si no hubiera sido por la campaña de Angelina… si no hubiera sido por los grafitis —dijo Isabella—, si no hubiera sido porque Angelina mostró esas fotos de los grafitis por todas partes, no habrías conseguido esos quince votos, y *Colette* habría ganado.

Entonces, Isabella empacó sus cosas, tomó las papeletas y se fue a su casa.

Lunes 23

Querido Diario Tonto:

Tía Carol me llevó a la escuela y estaba mucho más contenta que la semana pasada. Dijo que había tenido una **Sorpresa Superdivertida,** pero que no podía revelármela todavía.

Siempre hay que dudar cuando un adulto te dice que algo es divertido. Si ellos diseñaran parques de diversiones solo para adultos, serían así:

TOMA UNA SIESTA

Carrustático

HELADOS MEDICINALES

Hoy Angelina se sentó con Isabella y conmigo y, qué casualidad, *Colette* también. Esto hizo que otros chicos populares se sentaran con nosotras, algo que Isabella apenas notó, a pesar de que nuestra mesa había subido el nivel de popularidad.

Yo hablé un poco con mi acento, y algunos de los chicos que no me conocen bien trataron de ignorarlo. ¡Pensaron que era de verdad! ¿No es gracioso?

Isabella comenzó a hablar de lo mucho que necesitaba unas vacaciones, y cómo le gustaría que hubiera una manera de cerrar la escuela por algunas semanas.

—Eso es más o menos fácil de hacer —dijo *Colette*.

Isabella miró a *Colette* a los ojos y entonces se paró y salió del comedor y no dijo casi nada el resto del día.

Incluso vimos a PINSETTI EXHIBIENDO SU ALCANCÍA e Isabella no dijo ni una palabra

Martes 24

Querido Diario Tonto:

Colette no fue hoy a la clase de literatura. De hecho, ninguno de los chicos de Wodehouse fue a la escuela. Parece que ya no volverán; los arrancaron a todos de nuestro lado como a pequeñas flores que ya no tienen un sistema de ventilación podrido.

Es en momentos como este que debemos preguntarnos: ¿QUIÉN ES LA VERDADERA VÍCTIMA AQUÍ? E inmediatamente debemos responder: JAMIE ES LA VERDADERA VÍCTIMA. Si no respondemos así, es preferible callar.

Colette, con su destreza para hacer que Angelina se viera menos hermosa mezclada con la habilidad de asustar un poco a Isabella, fue una muy buena amiga. Ahora ya no está, y no es justo que exista alguien así de linda a quien Angelina no tenga que ver cada día de su vida.

Miércoles 25

Querido Diario Tonto:

Estoy extrañando a *Colette*. Iba en camino de convertirse en la chica más popular de nuestra escuela. En la Escuela Secundaria de Wodehouse deben de adorarla. Me pregunto si se cambiaría permanentemente a Mackerel si le ofreciéramos algunos incentivos.

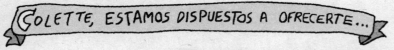

COLETTE, ESTAMOS DISPUESTOS A OFRECERTE...

UNA ESTILISTA PERMANENTE PARA QUE TU MELENA SEDOSA SIEMPRE LUZCA ESPECTACULAR.

UNA VARA ELÉCTRICA MUY FEMENINA PARA ESPANTAR CHICOS

UN ASISTENTE PERMANENTE QUE OBLIGUE A ANGELINA A MIRAR TU HERMOSA MELENA.

Jueves 26

Querido Diario Tonto:

Tía Carol llamó a mi casa a primera hora para ver si podía hacerle un favor a la hora del almuerzo. También quería que Isabella y Angelina nos acompañaran porque está empeñada en que nos volvamos buenas amigas. **Puaj.**

Tía Carol tenía que llevar algunos archivos de estudiantes a la Escuela Secundaria de Wodehouse y quería que yo la ayudara porque ella no puede caminar bien... **¡por culpa de los zuecos de novia!**

Tal y como lo oyes. Encontró unos zuecos en alguna parte y los ha estado usando para adaptarse a ellos antes de la boda. Debería haberle dicho algo al respecto.

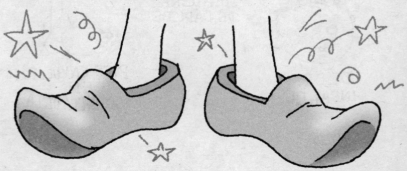

Tía Carol estacionó el auto frente a la escuela e Isabella, Angelina y yo cargamos los archivos. Wodehouse es idéntica a Mackerel, pero huele diferente. Aunque no podría decir a qué. ¿A paté escolar? ¿A baño de chicos? ¿A una curita sacada del fondo de una piscina?

Supuse que sería el olor que había quedado de lo que fuera que había tenido el sistema de ventilación.

TODOS LOS OLORES ESCOLARES SON UNA MEZCLA DE CINCO OLORES PRINCIPALES

AROMA DE PIES

OLOR DE MAESTROS

MADERA DE LÁPICES

OLOR INFANTIL

PIES ENVUELTOS EN MORTADELA

No habíamos avanzado más de dos pasos luego de pasar por la puerta principal cuando Isabella le dijo a Angelina que sabía lo de los grafitis.

Angelina puso una cara como si se hubiera tragado un pedo humano.

—*Tú* escribiste lo de **VOTA POR JAMIE**. En las fotos se ve el marcador en tu bolsillo —añadió Isabella.

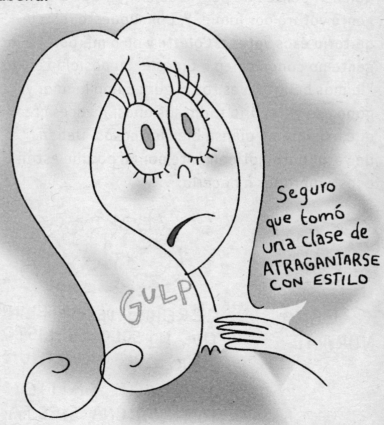

GULP

Seguro que tomó una clase de ATRAGANTARSE CON ESTILO

—Así es —dije sin tener ni idea de lo que estaba hablando Isabella.

Y, entonces, Angelina dijo cosas que nunca pensé que su boca perfectamente delineada diría.

—Sí, los escribí —dijo tranquilamente—. Pero ya los borré. Deduje que *Colette* me ganaría si no lo hacía. Ella es *realmente hermosa*. Pero aun así, pensé que podría conseguir que alguna gente votara por Jamie. Y, por supuesto, ella le quitaría esos votos a *Colette* y no a mí, porque la gente no conoce bien a *Colette*. Su posición como "la más bella" no es tan segura como la mía; yo gano esa categoría todos los años. A veces creo que la gente no piensa bien las cosas. Deben de votar automáticamente por mí porque están acostumbrados a hacerlo.

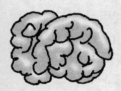

CEREBRO NORMAL

CEREBRO DE ANGELINA, QUE NO SOLO ES LISTO SINO QUE PARECE UN ADORABLE GATITO TOMANDO UNA SIESTA.

—Miren, ser la **MÁS BELLA** no es un logro —dijo Angelina—. Es solo una apariencia. Ser bella es lo mismo que ser fea. Es algo que no puedes controlar. Jamie siempre gana en la categoría de **MÁS ARTÍSTICA** y tú ganas en la de **MÁS LISTA**. Esas son cosas reales. La **MÁS BELLA** es una tontería, pero nadie ve nada más en mí. Así que tampoco iba a dejar que me quitaran esa tonta categoría.

¿BELLA ES LO MISMO QUE FEA?

PODRÍA SER UNA BUENA NOTICIA para un beagle apestoso que conozco...

¡Angelina había hecho eso para que yo le quitara votos a *Colette* porque sabía que no se los quitaría a ella! ¡Increíble!

Angelina es tan bella y tan lista como el cruce de un UNICORNIO y una NIÑA APLICADA.

Bueno, eso no salió como yo pensaba, pero no importa

—¡Vaya! —dije—. Isabella, creo que Angelina debería haber ganado en la categoría de MÁS LISTA.

—No —dijo Isabella tristemente—. Angelina no se lo merece tampoco. Vamos a la cafetería.

La cafetería no fue difícil de encontrar. Los comedores despiden un ruido muy particular. Es el ruido de asientos chirriando y verduras cayendo en la basura.

Cuando llegamos, le preguntamos al primer chico que vimos por *Colette*, pensando que, al igual que a Angelina, todo el mundo la conocía.

—¿*Colette*? —preguntó—. ¿Quieren decir Collie? Allí está sentada sola.

Incluso en tierras remotas como esta, la ropa es igual que la de la gente normal

Y era cierto, *Colette* estaba sentada **sola**.
Su pelo negro había perdido el brillo, su postura era
algo tímida, estaba mordisqueando un sándwich y
pareció alarmada al vernos.

—¿Qué te pasó? —le pregunté mientras me
sentaba a su lado—. ¿Sabes que te dicen Collie,
como si fueras un perro?

Así la encontramos...

TRISTE
LECHE
QUE NO
ES DE
CHOCOLATE

PELO
SIN VIDA
Y SIN
BRILLO

TRISTE
BOLSA DE
TRISTES
ZANAHORIAS

TRISTE
SÁNDWICH
DE PAN
INTEGRAL

AQUÍ DEBERÍA
IR EL POSTRE

Pero Isabella tenía algo diferente en mente.

—¿Comida para gatos? —le preguntó a *Colette*.

—Te diste cuenta —dijo *Colette* bajando la cabeza.

—No hace mucho. Me tomó un tiempo armar el rompecabezas —dijo Isabella, y se volteó hacia nosotras para explicarnos—. Primero pensé que *Colette* era una maestra en ese asunto de atormentar a los hermanos. Me dio algunas ideas diabólicas para hacer que la comida para gatos podrida se convirtiera en un problema. Poco a poco, comencé a sospechar que había sido ella la que hizo que su propia escuela apestara, metiendo esa comida en el sistema de ventilación. Yo misma hice una prueba a pequeña escala, la semana pasada en mi casa, y todos tuvieron que quedarse en un hotel. Menos yo, que me quedé en casa de Jamie. Y el otro día, cuando *Colette* dijo que sería fácil hacer que cerraran nuestra escuela, supe que había sido ella.

Y cuando está podrida

COMIDA PARA GATOS

es peor

—¿HICISTE QUE CERRARAN TU ESCUELA? —dije aterrada.

Angelina estaba igualmente impresionada.

—No pensé que el olor durara tanto. Usé mucha comida para gato y estaba demasiado podrida. Pero no es peligrosa, solo que apesta mucho.

—¿POR QUÉ? —preguntó Angelina—. ¿Por qué lo hiciste?

Pero Isabella no había terminado de hablar.

—Porque quería que cancelaran la votación escolar aquí en Wodehouse, creo. Y no sé por qué.

Isabella me recordó a uno de esos abogados que ves por un instante en la tele cuando estás buscando algún programa que valga la pena ver.

Colette habló muy bajito y nos contó que una vez una amiga la hizo reírse tanto mientras almorzaban en la escuela que un espagueti se le metió en la nariz y que los maestros temían que fuera un intestino o una vena, así que la enfermera tuvo que ir al comedor y sacarlo en frente de toda la escuela.

Después de eso, pasó toda la noche llorando y al día siguiente estaba tan cansada que se quedó dormida en clase con un marcador abierto en la boca, y la tinta se salió y le manchó la lengua de azul y todavía tiene la mancha. Dijo que le habían pasado otras cosas como esas, y por eso no tiene amigos y nunca gana nada.

¿¿¿Puedes creerlo??? ¡*Colette* ES "la chica de otra escuela" de la que tanto hemos oído!

—Wodehouse no es una mala escuela —dijo—. De hecho, no tiene nada malo, excepto que es de donde soy. Siento haberles arruinado la votación. Solo quería ser la **MÁS BELLA** una sola vez.

—Pero, ¿cómo supiste cuándo votaríamos en nuestra escuela? —pregunté.

—Una buena amiga de mi mamá tiene un hijo en su escuela y la escuché hablar del asunto —dijo *Colette*.

—¿Cómo se llama el chico?

—No sé —dijo *Colette*—. Ni siquiera sé el nombre de su mamá. Yo la llamo **E.S.F.C.N.N.R.** Eso quiere decir **Esa Señora Fea Cuyo Nombre No Recuerdo**.

Le dijimos que sabíamos quién era el chico.

Isabella sacó las papeletas de su mochila.

—*Colette*, no ganaste en la categoría de **MÁS BELLA** —dijo—. La Rubia Tonta aquí presente encontró la manera de ganarte. Yo gané en la categoría de **MÁS LISTA**, pero si no lo merezco, no lo quiero. Tú lo mereces más que yo.

Fue extraño oír a Isabella decir que no quería algo que no merecía. Por lo general, eso es exactamente lo que más quiere.

Y ahora entiendo por qué Isabella quería estar a cargo de la votación: no era para hacer trampa, sino para que nadie le hiciera trampa a ella. Ella sospecha **de tooooooo el mundo**.

Y creo que *Colette* la intrigaba de manera especial. Nunca había conocido a nadie que supiera tanto de venganza como ella.

Isabella *respetaba* a *Colette*, y creo que Isabella nunca había sentido respeto por otro ser humano. Fue muy extraño ver eso.

—Pero Angelina fue más lista que yo —dijo *Colette*—. Y *tú* descubriste lo que hice. No creo que yo sea la más lista.

Isabella dijo que sabía lo que debía hacer, y todas prometimos secundarla sabiendo lo que eso significaba.

Era fácil imaginar la frase **"INCUMPLIÓ UNA PROMESA A ISABELLA"** en nuestras tumbas.

Viernes 27

Querido Diario Tonto:

Hoy Isabella dio a conocer los resultados de la votación. Angelina y yo estábamos presentes, aunque solo estábamos interesadas en un par de categorías, y vimos cuando Isabella las puso en el tablón de anuncios que está afuera de la oficina.

Sally ganó en la categoría de la **MÁS LISTA**. No Angelina, ni *Colette*, ni Isabella. Sally es muy inteligente, y eso se parece mucho a ser lista.

Margaret ganó en la categoría de
MÁS ARTÍSTICA, y sonrió tanto que su
fealdad desapareció mágicamente. Como dije
anteriormente, sus esculturas son asquerosamente
impresionantes. Isabella nos dijo que yo había
sacado más votos, pero que no podía ganar en dos
categorías. Además, dijo que yo casi gané a la **MÁS
CHISTOSA**, lo cual nunca habría imaginado.

ANTES
(fea)

DESPUÉS
(menos fea)

Es increíble cuánto
puede mejorarte
una sonrisa.
Y ESCUPIR TUS
APESTOSOS LÁPICES
BABEADOS.

Ni siquiera vi mi nombre hasta que Isabella lo señaló en la categoría MEJOR AMIGO/A: JAMIE, ANGELINA E ISABELLA.

Miramos a Isabella como pidiendo una explicación, aunque Angelina estaba soltando unos chillidos tan agudos que habría hecho que un perro se orinara de haber habido uno allí, aunque estaba Margaret, que es casi lo mismo.

EL CHILLIDO DE UNA CHICA RUBIA ES 80% MÁS AGUDO QUE EL DE LOS HUMANOS.

Isabella respiró profundo antes de darnos una explicación.

—No tenía muchas opciones —dijo—. Todas merecemos ganar ALGO. Todas obtuvimos los votos para ganar en ALGUNA categoría. Angelina ganó a la MÁS BELLA. Pero hizo algo de trampa, y por eso pudo haber ganado en la categoría de MÁS LISTA, a pesar de que yo obtuve la mayor votación. Así que, ¿qué más podía hacer? Tal vez *Colette* se lo merecía más que nadie, pero no obtuvo los votos.

Isabella sacó una tarjeta de su mochila.

—Esta es la razón por la que somos MEJORES AMIGAS —dijo, fijando la tarjeta con el resultado en la categoría de MÁS BELLA en el tablón. Decía "*Colette*"—. Esto no significa que somos mejores amigas **las unas de las otras**, pero sí somos, sin duda, las mejores amigas de *Colette*... por ahora.

Isabella había hecho algo muy bueno por una extranjera. Supongo que fue porque llegó a conocer bien a *Colette*.

—En Wodehouse van a oír de esto —dijo Angelina—. Las cosas van a ser distintas para *Colette*. Tienes razón, Isabella, somos las mejores amigas de *Colette*.

Angelina sabe de lo que está hablando. Es difícil imaginar una mejor experta en el poder de la belleza.

—¡Pero lo mejor de todo es que ESTE AÑO NO SOY LA MÁS BELLA! —dijo riendo y chillando y saltando de arriba abajo—. ¡¡¡Sino una MEJOR AMIGA!!! ¡Y eso es fabuloso!

Angelina chilló más y luego casi nos desbarata con la belleza de su ENORME SONRISA. Ganar en otra categoría que no fuera la MÁS BELLA fue lo mejor que le pudo pasar, y era más o menos lo que yo quería para ella también.

LA ASOMBROSA SONRISA DE ANGELINA NO PUEDE SER DIBUJADA POR UNA MANO HUMANA

—Pero por curiosidad —le dije a Angelina—, ¿cómo sabías que yo no sería elegida la más bella?

—Bueno —dijo Angelina con una risita—, para empezar, esa vocecita que tienes últimamente.

—¿Te refieres a mi acento italiano?

—Eso no es acento italiano —dijo Angelina con una *carcajada*—. Mi tutor de italiano tiene acento italiano.

—Espera un segundo —le dije a Isabella, que alzó los hombros—. ¿Tu abuela no tiene acento italiano?

ABUELA
CALABAZA

—No exactamente —dijo Isabella—. Ella nació cerca de aquí. Habla así porque se le rompió la dentadura postiza y es tan tacaña que no la manda a arreglar. Tiene los dientes pegados con cinta adhesiva… ¡OYE! Apuesto que fue por eso que casi ganas el título de la **MÁS CHISTOSA**. Dijiste que querías tener un acento. Una deformación en la boca es casi lo mismo.

Es cierto. A Isabella no le cae bien la gente de otros lugares. Ella piensa de veras que los acentos son deformaciones de la boca.

Agradece que no eres refinada ni caminas en puntas de pie

Isabella piensa que el ballet solo es una cojera complicada.

Y dice que es ocasionada por esos muslos de caballo.

Estaba a punto de dejar que Isabella se regodeara con su comentario cuando tía Carol salió cojeando de la oficina para leer los nombres de la votación. Vio nuestros nombres bajo el título de mejores amigas y nos dio un gran abrazo.

—Esto es perfecto —dijo, y nos invitó a pasar a la oficina, donde nos dio un regalo bellamente empacado a cada una. El subdirector Devon (el tío de Angelina y novio de tía Carol) estaba allí, sonriendo.

mi futuro tío

mi tía actual

—Jamie, eres mi sobrina favorita —dijo tía. Carol con lágrimas en los ojos—. Y Angelina, después de que tu tío y yo nos casemos, sé que serás mi otra sobrina favorita. Isabella, eres la mejor amiga de mis dos sobrinas favoritas, lo que te convierte en una de mis mejores amigas. Y sé que sin tus sabios consejos, mi boda no sería lo que va a ser.

Tía Carol estaba tan emocionada que llegué a pensar que nos diría que tenía algún tipo de enfermedad horrible. Pero resulta que la noticia es mucho peor.

—Chicas —dijo—, quiero que sean mis damas de honor.

Los chillidos de Angelina se volvieron incluso más agudos, y vi a Margaret corriendo por el corredor. Solo Angelina podía arreglárselas para hacerse pis en los pantalones de otra persona.

YAAIIIIIIIIIIIIII

Y sé que en ese momento, en algún lugar lejano de DONDESEAQUISTÁN, los chillidos irritantes de Angelina TAMBIÉN HICIERON QUE UN PERRO TUVIERA EL MISMO PERCANCE QUE MARGARET

Después abrimos nuestros regalos. **Eran zuecos.** Tía Carol dijo que no había podido encontrar los dichosos zuecos de novia, pero que estaba segura de que estos eran parecidos y que si los usábamos todos los días nuestros pies dejarían de sangrar para el día de la boda.

Cuando nos los pusimos, todo empeoró. Tía Carol nos mostró un dibujo hecho por su modista. Era nuestro vestido de dama de honor. Lo adivinaste: marrón y con bombacho. **Muy bombacho.**

bombacho

más bombacho

lo más bombacho

bombacho al EXTREMO

el bombacho

el bombacho

el bombacho está que quema

zueco

Sábado 28

Querido Diario Tonto:

Isabella propuso hacer que tía Carol y el subdirector Devon rompieran su compromiso para que no tuviéramos que usar los zuecos. Estaba segura de que lo lograría en una semana.

Le dije que era muy dulce de su parte, pero que nos habíamos metido en esto nosotras solas y que debíamos afrontar la situación.

Angelina nos dio collares de M.A.P.S.

Isabella dice que más o menos prueban que tenemos a Angelina en la palma de la mano, de la misma manera que un collar de perro prueba que una es la dueña del perro. Isabella dice que nuestra popularidad crecerá y se veía tan contenta con eso, que ahora me pregunto si planeó lo de MEJORES AMIGAS. (¿Podría Isabella HACER algo así?)

Lo que dijo del perro tenía sentido, así que le di mi collar de M.A.P.S. a Stinker. Tendré que pensar qué le diré a Angelina cuando venga a terminar el proyecto que yo sabía que no haríamos hasta el último día.

Ya no estoy tratando de que Stinker aprenda

otros idiomas. Me di cuenta de que solo habla uno: PERRO. Y creo que tengo una nueva opinión acerca de la gente que vive en lugares lejanos.

Recibí una carta de *Colette*. Dice así:

Querida Jamie:

Le conté al director lo que hice con la comida para gato y por qué lo hice, y me van a castigar, pero no será tan duro el castigo porque confesé.

El premio a la MÁS BELLA que gané en tu escuela cambió muchas cosas para mí. Hoy no almorcé sola y nadie me llamó Collie. La Escuela Secundaria de Mackerel es la mejor escuela del mundo. ¡Ustedes son muy amables!

Con cariño,
Colette

P.D.: Esto te agradará. Hoy, al almuerzo, una de mis amigas me dijo que había oído sobre una chica de otra escuela que se la pasaba hablando como si tuviera una deformación en la boca o algo así, y cuando el director se enteró, hizo que se pusiera zapatos de madera. ¿Puedes creerlo?

¡¡Así que yo soy su "chica de otra escuela"!!
Creo que todos los lugares son el **Mejor Lugar del Mundo** para una persona y el **Peor Lugar del Mundo** para otra.

Y si ignoras el adorno de **perejil**, en el fondo todos salimos del mismo pastel de carne.

Supongo que de donde soy no tiene nada de malo, excepto que ahora Todo el Mundo en Mi Escuela piensa que Angelina, Isabella y yo somos **Mejores Amigas**; las **Más Marrones, Bombachas** y **Enzuecadas** mejores amigas de la escuela.

Gracias por escuchar, Diario Tonto.
¡Nos vemos en la boda!

Jamie Kelly

P.D.: Y vamos a ver cómo te las arreglas para salir linda con ESTE vestido, Angelina.

MUA
JA
JA
JA

Acerca de Jim Benton

Jim Benton no es una chica de la escuela secundaria, pero no lo culpes por ello. Al menos, ha logrado ganarse la vida siendo divertido.

Es el creador de muchos productos con licencia, algunos para niños grandes, otros para niños pequeños y otros para algunos adultos que, francamente, se comportan como niños pequeños.

A lo mejor ya conoces sus creaciones, como It's Happy Bunny™ o Just Jimmy™, y por supuesto, ya conoces Querido Diario Tonto.

Jim ha creado series de televisión para niños, ha diseñado ropa y ha escrito libros.

Vive en Michigan con su esposa y sus hijos espectaculares. En la casa no tienen perro y, mucho menos, uno vengativo. Esta es su primera serie para Scholastic.

Jamie Kelly no sabe que Jim Benton, tú o cualquier otra persona ha leído sus diarios. Así que por favor, te pido que no se lo digas.